Animales perdidos en lugares desconocidos

Escrito por Frank B. Edwards
Illustrado John Bianchi
Traducido por Nora A. Méndez

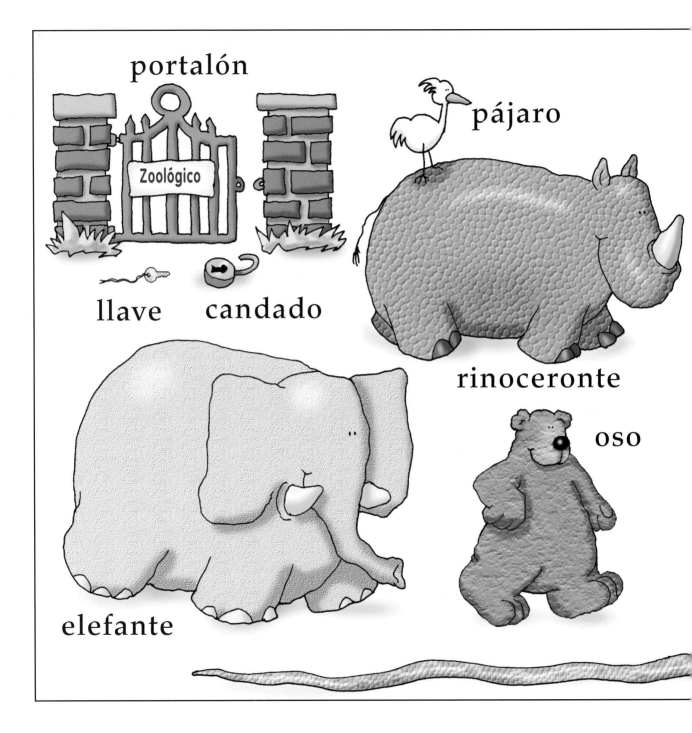

Estoy perdido.

Espera aquí y te encontrarán.

Estamos perdidos.

Esperen aquí y los encontrarán.

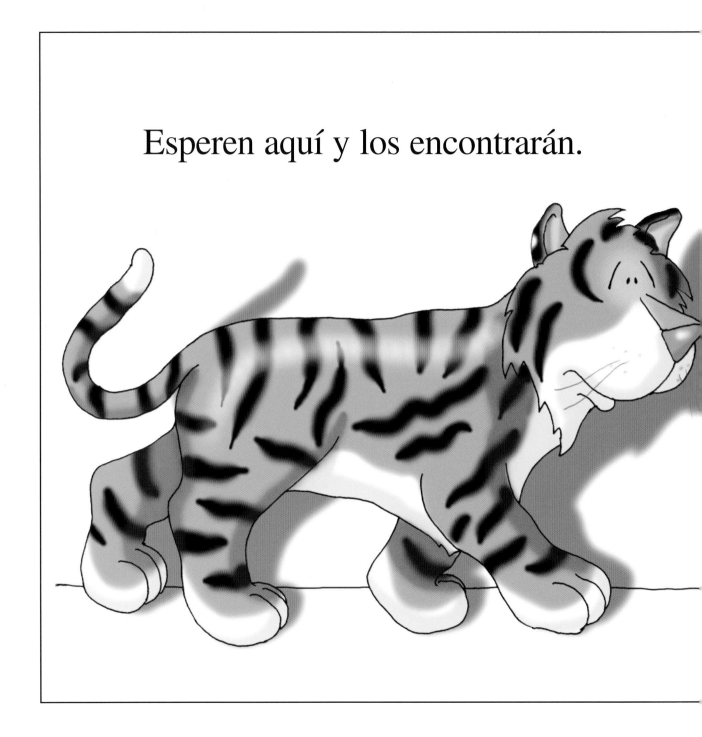

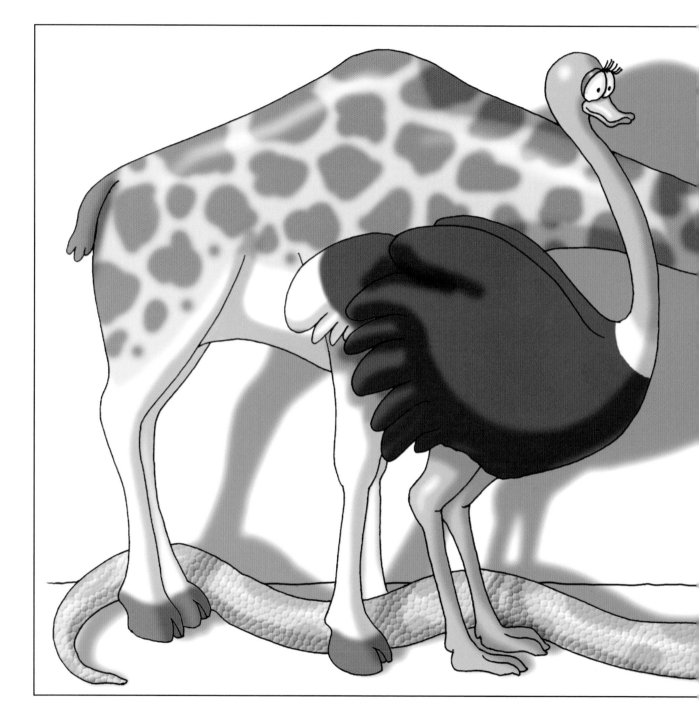

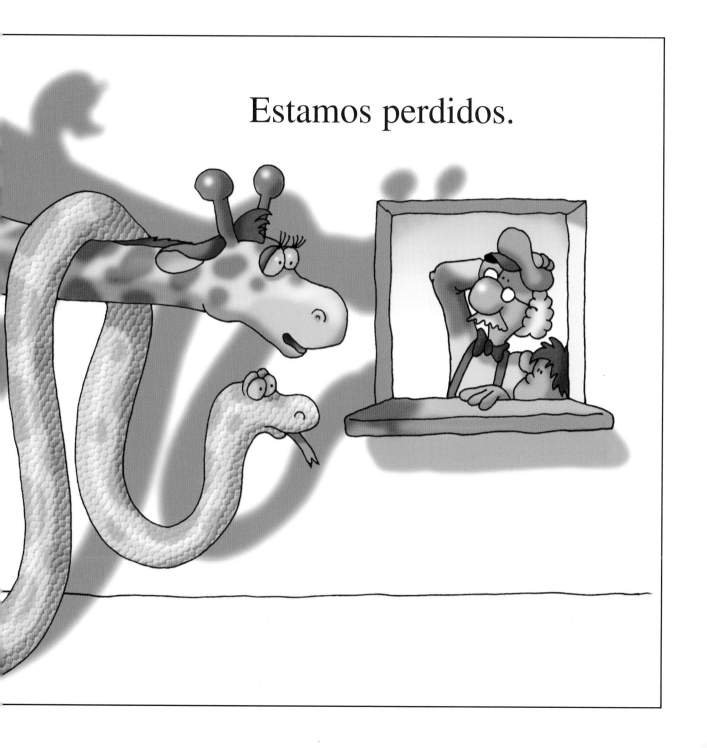

Estamos perdidos.

Esperen aquí y
los encontrarán.

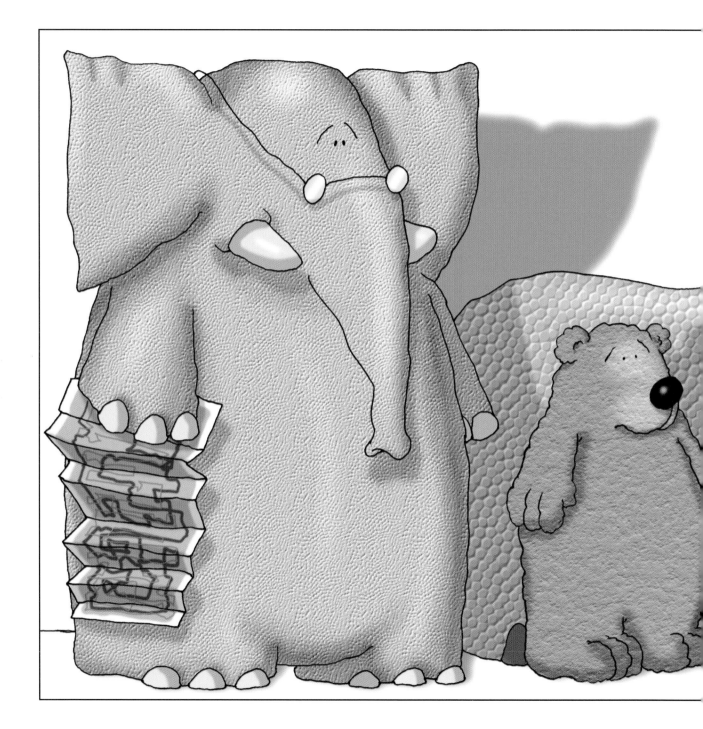

Estamos perdidos.

Esperen aquí y
los encontrarán.

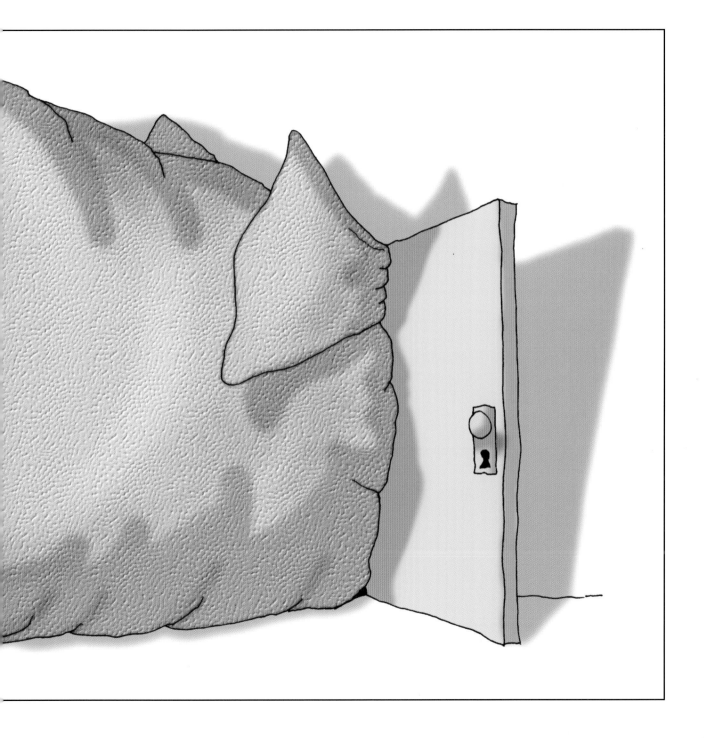

Mis animales se han perdidos.

Mira aquí.

Fin